La Cantatrice Chauve

FichesdeLecture.com

LA CANTATRICE CHAUVE (FICHE DE LECTURE)   4

I. INTRODUCTION

L'auteur

L'œuvre

II. RÉSUMÉ DE LA PIÈCE

Scène 1

Scène 2

Scène 3

Scène 4

Scène 5

Scène 6

Scène 7

Scène 8

Scène 9

Scène 10

Scène 11

III. ÉTUDE DES PERSONNAGES

Les Smith

Les Martin

Mary

Le capitaine des pompiers

IV. AXES DE LECTURE

Le « théâtre de l'absurde »

Une parodie de pièce

Un titre étonnant

DANS LA MÊME COLLECTION EN NUMÉRIQUE   13

À PROPOS DE LA COLLECTION   21

La Cantatrice Chauve
(Fiche de lecture)

I. INTRODUCTION

L'auteur

Eugène Ionesco, auteur dramatique et écrivain français, est né d'un père roumain et d'une mère d'origine française en 1909. Il est marqué par cette double culture. Il fait des études de lettres françaises à l'université de Bucarest.

En 1938, il part en France, mais le déclenchement de la guerre l'oblige à reprendre le chemin de la Roumanie. Témoin privilégié des basculements totalitaires du XXe siècle, Eugène Ionesco assista, terrifié, en Roumanie, à la conversion au fascisme de la plupart de ses amis et camarades de sa génération.

En 1942 il s'installe définitivement en France, obtenant après la guerre sa naturalisation. Il meurt en 1994.

L'œuvre

L'idée de la pièce est venue à Ionesco lorsqu'il a essayé d'apprendre l'anglais par le biais de la méthode « Assimil ». Il décide d'écrire une pièce absurde intitulée « l'anglais sans peine » en y reproduisant les dialogues sobres et étranges que suivait la méthode.

Selon une anecdote, la cantatrice devait être blonde, mais lors des répétitions, l'interprète du pompier l'avait qualifiée de chauve par erreur, ce qu'Ionesco trouva génial. C'est ainsi que la pièce qui devait s'intituler « L'anglais sans peine » est devenue « La cantatrice chauve ».

« La Cantatrice chauve » est la première pièce de théâtre écrite par l'auteur. Mise en scène par Nicolas Bataille, la première eut lieu le 11 mai 1950 au théâtre des Noctambules. Elle fut publiée pour la première fois le 4 septembre 1952 par le Collège de 'Pataphysique.

Depuis 1957, La Cantatrice chauve est jouée au théâtre de la Huchette, devenant l'une des pièces comptant le plus de représentations en France. Cette pièce a reçu un Molière d'honneur en 1989.

II. RÉSUMÉ DE LA PIÈCE

« Intérieur bourgeois anglais, avec des fauteuils anglais. Soirée anglaise. M. Smith, Anglais, dans son fauteuil anglais et ses pantoufles anglaises, fume sa pipe anglaise et lit un journal anglais, près d'un feu anglais. Il a des lunettes anglaises, une petite moustache grise, anglaise. À côté de lui, dans un autre fauteuil anglais, Mme Smith, anglaise, raccommode des chaussettes anglaises. Un long moment de silence anglais. La pendule anglaise frappe dix-sept coups anglais. »

Scène 1

Tout commence dans un intérieur bourgeois totalement anglais. Là se trouvent M et Mme Smith, un couple anglais, dans un univers anglais. Au début, M Smith est plongé dans son journal et ne prête guère attention à ce que dit sa femme. Il manifeste même son indifférence en faisant claquer sa langue.

Mme Smith parle seule. Il est neuf heures. Ils ont bien mangé ce soir. Ils habitent près de Londres. Elle parle aussi de l'épicier du coin dont l'huile est la meilleure, des pommes de terre, du poisson, de la soupe du repas. Elle parle enfin de son petit garçon, et de ses deux filles, l'aînée et la cadette. Elle enchaîne avec Popesco Rosenfeld, qui fabrique du yaourt roumain folklorique, avec leurs voisins les Johns, et avec le docteur Mackenzie-King.

M Smith sort de son journal et engage la conversation. Il dit entre autres : « Un médecin consciencieux doit mourir avec le malade s'ils ne peuvent pas guérir ensemble ». Mais aussi : « Pourquoi dans le journal, donne-t-on toujours l'âge des personnes décédées et jamais celui des nouveau-nés ? » À ce sujet, tous deux s'interrogent car ils ont des avis différents.

Puis ils s'embrouillent sur une famille dont tous les membres portent le nom « Bobby Watson ». Eux-mêmes s'embrouillent l'un avec l'autre, mais ils se réconcilent rapidement.

Scène 2

Arrivée de la bonne, Mary. Cet après-midi, elle raconte avoir été au cinéma avec un homme, et avoir vu un film avec des femmes. Puis, ils ont été boire de l'eau-de-vie et du lait. Mary annonce aux Smith l'arrivée des Martin qui sont déjà à la porte.

Mme Smith dit à Mary qu'elle n'aurait pas dû s'absenter. Mary lui rétorque qu'elle-même lui avait donné la permission. M et Mme Martin filent s'habiller.

Scène 3

Mary reproche aux Martin leur retard et les fait rentrer. Mary s'absente et les laisse entre eux.

Scène 4

M. et Mme Martin semblent vraiment ne plus se connaître au début de la scène. S'ensuit un long dialogue où ils découvrent qu'ils ont pris le même train, le même wagon, le même compartiment, la même place, qu'ils habitent à Londres dans la même rue, au même numéro, dans le même appartement, qu'ils dorment dans la même chambre, dans le même lit, et qu'ils ont la même fille avec un œil rouge et un œil blanc. Ils se découvrent mari et femme.

Scène 5

Mary revient sur scène et raconte qu'en réalité la fille de Mme Martin a son œil rouge à droite, tandis que la fille de M Martin a son œil rouge à gauche. Elle remet donc tout en doute, mais dit ne pas vouloir les mettre au courant. Elle dit s'appeler Sherlock Holmes.

Scène 6

Les Martin heureux de s'être retrouvés décident de ne plus se perdre.

Scène 7

Les Smith arrivent sans avoir changé de vêtements. M Smith se fâche sur les Martin pour leur retard. La conversation est difficile au départ. Banalités, longs silences après chaque réplique. Les répliques elles-mêmes sont très brèves. L'ennui des Martin et des Smith est éloquent. Mme Smith dit d'ailleurs que son mari « s'emmerde ».

Poussée par les autres, Mme Martin raconte l'histoire d'un monsieur qui nouait les lacets de sa chaussure qui s'étaient défaits. Tous trouvent ça fantastique. Elle a aussi vu un monsieur qui lisait tranquillement son journal !

Soudain, on sonne à la porte. À trois reprises, Mme Smith va ouvrir, mais il n'y a personne. Elle en déduit : « L'expérience nous apprend que lorsqu'on entend sonner à la porte, c'est qu'il n'y a jamais personne ». Quand on sonne une quatrième fois, c'est le capitaine des pompiers, ce qui fait dire à M Smith qu'il avait raison : « Quand on entend sonner à la porte, c'est qu'il y a quelqu'un ».

Scène 8

Les deux couples interrogent le capitaine des pompiers pour tenter de résoudre le mystère des coups de sonnette. Celui-ci explique qu'il n'a pas sonné les deux premiers coups, qu'il s'était caché pour rire au troisième et qu'il est rentré au quatrième. Ceci n'éclaire guère l'énigme.

Le pompier les met d'accord : « Lorsqu'on sonne à la porte, des fois il y a quelqu'un, d'autres fois il n'y a personne ». Le pompier dit aux Smith de s'embrasser en guise de réconciliations, mais Mme Smith confie : « On s'est déjà embrassé tout à l'heure ». Le capitaine est venu voir s'il y a le feu chez les Smith... Ses affaires vont mal ; pour le moment, il y a peu d'incendies. Il raconte alors plusieurs anecdotes complètement loufoques et incohérentes. Les anecdotes de M et Mme Smith sont tout aussi dénuées de sens.

Scène 9

Mary, la bonne, veut aussi avoir la parole, ce qui n'est pas de l'avis des Smith. Mais elle et le pompier sont amis. Elle déclame un poème qui s'intitule « Le Feu » en l'honneur du capitaine. Elle le récite poussée par les Smith hors de la pièce.

Scène 10

Le pompier s'en va car il devra éteindre un incendie « dans trois quart d'heure et seize minutes exactement ». Au moment où il part, il demande : « À propos, et la Cantatrice chauve ? » Suite à un silence et à une gêne générale, Mme Smith lui répond : « Elle se coiffe toujours de la même façon ! »

Scène 11

Il reste sur scène les Smith et les Martin. Chacun récite des proverbes, des phrases brèves sans lien avec celles des autres. Le langage se détériore, devient de plus en plus bref. Ils finissent tous ensemble en répétant sans cesse : « C'est par là, c'est par ici ! » Soudain, tout s'arrête et la pièce recommence avec cette fois les Martin qui disent les mêmes répliques que les Smith dans la première scène.

III. ÉTUDE DES PERSONNAGES

Les Smith

Ils habitent dans les environs de Londres. M Smith a une petite moustache grise. Ils ont trois enfants : un petit garçon, l'aînée Hélène et la cadette Peggy de deux ans. On pourrait en tirer comme conclusion qu'ils forment un couple proche de la cinquantaine. D'autant plus que M Smith ajoute : « Quel ridicule couple de vieux amoureux nous faisons ! »

Incapables de communiquer entre eux (scène 1) et de donner un sens à leur vie, ils sont engloutis dans leur routine quotidienne. Entre eux, les sentiments sont changeants. À la scène 1, M Smith n'écoute pas parler sa femme, mais lit son journal. À la fin de cette même scène, il y a une controverse sur les hommes et les femmes. Mais l'amour est présent. Ils s'embrassent tendrement après s'être réconciliés, à la scène 1.

Les Martin

Semblables aux Smith dans les grandes lignes. Ils s'appellent Donald et Élisabeth. Ils ont une petite fille Alice. Ils ont tout pour être heureux. Mais quand ils s'embrassent, c'est « sans expression ». Il leur faut un long dialogue pour comprendre qu'ils sont mari et femme (scène 4). Leur couple est remis en question par Mary à la scène 5. Eux aussi sont tenaillés par l'ennui.

Mary

C'est la bonne des Smith, lorsqu'elle entre en scène Mme Smith lui reproche de s'être absenté. Mary lui rétorque qu'elle-même lui avait donné la permission. On décèle un certain franc-parler de Mary à travers cette réplique.

Ensuite, bien qu'elle ne soit que la bonne elle reproche aux Martin leur retard. Puis, elle met le spectateur dans une situation de doute car lorsque les Martin découvrent qu'ils ont la même fille avec un œil rouge et un œil blanc, elle déclare qu'en réalité la fille de Mme Martin a son œil rouge à droite, tandis que la fille de M Martin a son œil rouge à gauche.

Elle dit également s'appeler Sherlock Holmes. Elle déclare par ailleurs : « Laissons les choses comme elles sont », car elle sait que même la vérité n'est pas toujours bonne à entendre. On a l'impression qu'elle seule détient les réponses des questions que le spectateur se pose. Elle est omnisciente.

Le capitaine des pompiers

Le pompier entre à la scène 7. Il réconcilie les Smith en les mettant d'accord : « Lorsqu'on sonne à la porte, des fois il y a quelqu'un, d'autres fois il n'y a personne. » Il est venu pour voir s'il y a le feu chez les Smith... Ses affaires vont mal, pour le moment, il y a peu d'incendies.

Il raconte alors plusieurs anecdotes complètement loufoques et incohérentes. Le pompier s'en va car il devra éteindre un incendie « dans trois quarts d'heure et seize minutes exactement ». À travers ce personnage, Ionesco dénonce l'absurdité d'être voué corps et âme à sa profession.

IV. AXES DE LECTURE

Le « théâtre de l'absurde »

Le début des années 1950 marque le commencement d'une période d'innovations dramatiques dont le « théâtre de l'absurde » ou « théâtre de dérision » (Ionesco préférait ce terme), caractérisé par des « anti-pièces » et des « antihéros » qui rompent avec le théâtre classique de l'époque.

Issu du traumatisme qu'a créé la Seconde Guerre mondiale, le « théâtre de l'absurde » se distingue par son absence d'action, mettant en scène l'absurdité de l'homme et la déraison du monde. Dans ce style de théâtre, le langage est volontairement déstructuré ce qui rend toute communication impossible entre les personnages.

Un langage déstructuré

Le langage occupe une place prépondérante dans le « théâtre de l'absurde » en effet Ionesco déstructure le langage, symbolisant ainsi l'aliénation de ses personnages. Au début, Mme Smith parle seule et récite de longues tirades.

L'auteur montre l'impossibilité de dialogue entre autres par de longues tirades, de longs silences, de brèves répliques... D'ailleurs, ces longues tirades ne sont en elles-mêmes que des suites d'éléments distincts sans lien entre eux.

Dans la scène 1, le public s'interroge face à la banalité et à l'incohérence des propos. Par exemple quand Mme Smith parle : « Le poisson était frais. Je m'en suis léché les babines. J'en ai pris deux fois. Non, trois fois. Ça me fait aller aux cabinets. Toi aussi tu en as pris trois fois. Cependant, la troisième fois tu en as pris moins que les deux premières fois, tandis que moi j'en ai pris beaucoup plus. J'ai mieux mangé que toi ce soir. Comment ça se fait ? D'habitude, c'est toi qui manges le plus. Ce n'est pas l'appétit qui te manque ».

Son mari semble indifférent. Ionesco, dès le début, affirme la difficulté à s'exprimer et l'impossibilité de communiquer entre les êtres humains.

Le récit de « La Cantatrice Chauve » est ponctué d'interruption de dialogue assez long... « Un long temps », « Pause », « Silence »... C'est une façon de mettre en évidence la notion d'ennui entre les hommes. L'auteur dénonce les travers de sa société et l'absurdité des êtres humains à travers ses personnages et leurs dialogues dénués de sens. On assiste à une agonie du langage.

Les Smith et les Martin sont des personnages sans psychologie, des marionnettes, des coquilles vides d'êtres, qui semblent parler ou tenter de communiquer sans savoir pourquoi et sans s'écouter les uns les autres. Les personnages sont en réalité interchangeables puisque les Martin reprennent le rôle initial des Smith à la fin de la pièce.

Ionesco a déclaré : « Lorsque j'eus terminé ce travail, j'en fus, tout de même, très fier. Je m'imaginais avoir écrit quelque chose comme la tragédie du langage !... Quand on la joua, je fus presque étonné d'entendre rire les spectateurs qui prirent (et prennent toujours) cela gaîment, considérant que c'était bien une comédie, voire un canular ».

Une parodie de pièce

Sous-titrée « anti-pièce », c'est une parodie du théâtre de boulevard, du théâtre bourgeois, qui fait éclater les conventions du théâtre réaliste, qui se moque du genre, de toute tentative de communication, des échanges sociaux. Elle ne comporte pas d'action et emploie des clichés et des phrases toutes faites inspirés par la méthode « Assimil ».

En plaçant ses personnages dans un salon bourgeois anglais, Ionesco se moque du théâtre de boulevard de son époque qui plaçait à chaque fois les acteurs dans un univers bourgeois, et même dans un salon bourgeois. Ce décor neutre, avec des accessoires du quotidien (lunettes, pipe, journal, pantoufles) confine les personnages dans un espace réduit pour amplifier davantage l'incapacité de communiquer entre les êtres humains. Cette pièce est une satire de « la petite bourgeoisie universelle, le conformiste de partout ».

La minceur de l'intrigue, les discussions qui ne mènent à rien, l'action inexistante, la banalité des propos, les onomatopées, les répliques trop longues ou trop brèves sans lien entre elles, les jeux de langage, l'illogisme, l'incohérence du dénouement, soulignent l'absurdité du monde. Ionesco démystifie le fonctionnement théâtral traditionnel.

Enfin, le dénouement classique est exclu, car il n'y a rien à dénouer ou que le nœud est inextricable. Selon l'auteur, le besoin de finir une pièce de théâtre n'est justifié que par le fait que les spectateurs doivent aller se coucher. Rien n'est résolu, simplement parce qu'il n'y a rien à résoudre pour l'auteur.

Un titre étonnant

Avec ce titre, le public dérouté s'interroge. C'est le but d'Ionesco. Ainsi, le public en vient à s'interroger sur les motivations du dramaturge et sur ce qu'il recherche, c'est-à-dire mettre en évidence l'absurdité de l'homme et du monde.

Dans la pièce, au moment de partir, le pompier demande : « À propos, et la Cantatrice chauve ? » Suite à un silence et à une gêne générale,
Mme Smith lui répond : « Elle se coiffe toujours de la même façon ! »
Comme si l'auteur voulait relancer le spectateur sur la signification du titre
de sa pièce.

Le titre surprend : on n'a pas l'habitude de se représenter une cantatrice
dépourvue de cheveux, c'est-à-dire chauve. Mme Smith, par sa réponse au
pompier, accentue ce mystère.

Dans la même collection en numérique

Les Misérables

Le messager d'Athènes

Candide

L'Etranger

Rhinocéros

Antigone

Le père Goriot

La Peste

Balzac et la petite tailleuse chinoise

Le Roi Arthur

L'Avare

Pierre et Jean

L'Homme qui a séduit le soleil

Alcools

L'Affaire Caïus

La gloire de mon père

L'Ordinatueur

Le médecin malgré lui

La rivière à l'envers - Tomek

Le Journal d'Anne Frank

Le monde perdu

Le royaume de Kensuké

Un Sac De Billes

Baby-sitter blues

Le fantôme de maître Guillemin

Trois contes

Kamo, l'agence Babel

Le Garçon en pyjama rayé

Les Contemplations

Escadrille 80
Inconnu à cette adresse
La controverse de Valladolid
Les Vilains petits canards
Une partie de campagne
Cahier d'un retour au pays natal
Dora Bruder
L'Enfant et la rivière
Moderato Cantabile
Alice au pays des merveilles
Le faucon déniché
Une vie
Chronique des Indiens Guayaki
Je voudrais que quelqu'un m'attende quelque part
La nuit de Valognes
Œdipe
Disparition Programmée
Education européenne
L'auberge rouge
L'Illiade
Le voyage de Monsieur Perrichon
Lucrèce Borgia
Paul et Virginie
Ursule Mirouët
Discours sur les fondements de l'inégalité
L'adversaire
La petite Fadette
La prochaine fois
Le blé en herbe
Le Mystère de la Chambre Jaune
Les Hauts des Hurlevent
Les perses
Mondo et autres histoires
Vingt mille lieues sous les mers
99 francs
Arria Marcella
Chante Luna

Emile, ou de l'éducation

Histoires extraordinaires

L'homme invisible

La bibliothécaire

La cicatrice

La croix des pauvres

La fille du capitaine

Le Crime de l'Orient-Express

Le Faucon malté

Le hussard sur le toit

Le Livre dont vous êtes la victime

Les cinq écus de Bretagne

No pasarán, le jeu

Quand j'avais cinq ans je m'ai tué

Si tu veux être mon amie

Tristan et Iseult

Une bouteille dans la mer de Gaza

Cent ans de solitude

Contes à l'envers

Contes et nouvelles en vers

Dalva

Jean de Florette

L'homme qui voulait être heureux

L'île mystérieuse

La Dame aux camélias

La petite sirène

La planète des singes

La Religieuse

1984 A l'Ouest rien de nouveau

Aliocha

Andromaque

Au bonheur des dames

Bel ami

Bérénice

Caligula

Cannibale

Carmen

Chronique d'une mort annoncée
Contes des frères Grimm
Cyrano de Bergerac
Des souris et des hommes
Deux ans de vacances
Dom Juan
Electre
En attendant Godot
Enfance
Eugénie Grandet
Fahrenheit 451
Fin de partie
Frankenstein
Gargantua
Germinal
Hamlet
Horace
Huis Clos
Jacques le fataliste
Jane Eyre
Knock
L'homme qui rit
La Bête humaine
La Cantatrice Chauve
La chartreuse de Parme
La cousine Bette
La Curée
La Farce de Maitre Pathelin
La ferme des animaux
La guerre de Troie n'aura pas lieu
La leçon
La Machine Infernale
La métamorphose
La mort du roi Tsongor
La nuit des temps
La nuit du renard
La Parure

La peau de chagrin

La Petite Fille de Monsieur Linh

La Photo qui tue

La Plage d'Ostende

La princesse de Clèves

La promesse de l'aube

La Vénus d'Ille

La vie devant soi

L'alchimiste

L'Amant

L'Ami retrouvé

L'appel de la forêt

L'assassin habite au 21

L'assommoir

L'attentat

L'attrape-coeurs

Le Bal

Le Barbier de Séville

Le Bourgeois Gentilhomme

Le Capitaine Fracasse

Le chat noir

Le chien des Baskerville

Le Cid

Le Colonel Chabert

Le Comte de Monte-Cristo

Le dernier jour d'un condamné

Le diable au corps

Le Grand Meaulnes

Le Grand Troupeau

Le Horla

Le jeu de l'amour et du hasard

Le Joueur d'échecs

Le Lion

Le liseur

Le malade imaginaire

Le Mariage de Figaro

Le meilleur des mondes

Le Monde comme il va

Le Parfum

Le Passeur

Le Petit Prince

Le pianiste

Le Prince

Le Roman de la momie

Le Roman de Renart

Le Rouge et le Noir

Le Soleil des Scortas

Le Tartuffe

Le vieux qui lisait des romans d'amour

L'Ecole des Femmes

L'Ecume Des Jours

Les Bonnes

Les Caprices de Marianne

Les cerfs-volants de Kaboul

Les contes de la Bécasse

Les dix petits nègres

Les femmes savantes

Les fourberies de Scapin

Les Justes

Les Lettres Persanes

Les liaisons dangereuses

Les Métamorphoses

Les Mouches

Les Trois mousquetaires

L'étrange cas du Dr Jekyll et de Mr Hyde

L'Ile Au Trésor

L'île des esclaves

L'illusion comique

L'Ingénu

L'Odyssée

L'Ombre du vent

Lorenzaccio

Madame Bovary

Manon Lescaut

Micromégas

Mon ami Frédéric

Mon bel oranger

Nana

Ne tirez pas sur l'oiseau moqueur

Notre-Dame de Paris

Oliver twist

On ne badine pas avec l'amour

Oscar et la dame rose

Pantagruel

Le Misanthrope

Perceval ou le conte du Graal

Phèdre

Ravage

Roméo et Juliette

Ruy Blas

Sa Majesté des Mouches

Si c'est un homme

Stupeur et tremblements

Supplément au voyage de Bougainville

Tanguy

Thérèse Desqueyroux

Thérèse Raquin

Ubu Roi

Un Barrage contre le Pacifique

Un long dimanche de fiançailles

Un secret

Vendredi ou la vie sauvage

Vipère au poing

Voyage au bout de la nuit

Voyage au centre de la terre

Yvain ou le Chevalier au lion

Zadig

À propos de la collection

La série FichesdeLecture.com offre des contenus éducatifs aux étudiants et aux professeurs tels que : des résumés, des analyses littéraires, des questionnaires et des commentaires sur la littérature moderne et classique. Nos documents sont prévus comme des compléments à la lecture des oeuvres originales et aide les étudiants à comprendre la littérature.

Fondé en 2001, notre site FichesdeLectures.com s'est développé très rapidement et propose désormais plus de 2500 documents directement téléchargeables en ligne, devenant ainsi le premier site d'analyses littéraires en ligne de langue française.

FichesdeLecture est partenaire du Ministère de l'Education du Luxembourg depuis 2009.

Plus d'informations sur www.fichesdelecture.com

ISBN: 978-2-511-02851-3

Notes :